U0658661

ハードボイルド / ハードラック

无情·厄运

BANANA
YOSHIMOTO

[日]
吉本芭娜娜 —————— 著

邹波 —————— 译

上海译文出版社

目录

无情

1. 神祠

我漫无目的地独自旅行。一天午后，我踏上那条山间小道。

那是离开国道、近山一侧的道路，路上绿荫覆盖，令人惬意。

我欣赏着光影交织而成的美丽图案，开始向前走。

当时的心情就像在闲庭信步一样。

看地图，这条山路在前面不远处和国道汇合，是条徒步旅行的线路。

在温暖如春的午后阳光中，我心情舒畅地向前走。

然而道路比预想的难走，有很多坡道。

我不停地走着，天渐渐黑了，不知什么时候起，湛蓝的天空已经闪烁着黄昏时分宝石般耀眼的星辰。西边的天空还残留着淡淡的粉红色，晚秋细长的云朵染上温暖的颜色，渐渐隐没在夜色中。月亮也已升起，是一弯指甲般细细瘦瘦的月牙。

"这样走下去，到底什么时候才能走到镇上呢?"我自言自语。默默地走了太久，连自己的声音都快忘记了。感觉膝盖乏力，脚趾尖也开始疼起来。

"幸好订了旅馆，不过肯定是赶不上吃晚饭了。"

我想打个电话，但是深山老林里面手机打不通。肚子也突然饿了。再过一会儿，应该就能走到我订了旅馆的小镇。到了那儿马上吃点热乎东西。这样想着，我稍稍加快了步伐。

走到一处街灯照不到、有些幽深的弯道时，我突然感到非常别扭。空间霎时间扭曲，我产生了不管怎么走都无法前进一步的错觉。

我没有任何特异功能，但有段时间，我能感觉到肉眼看不见的东西。

我虽然身为女人，却一度和一个女的相好。她能看见别人看不见的事物。和她住在一起，也许是她的特异功能传给了我，或者我的潜能被激发了出来，不知道什么时候，我也能感知到气氛的不同了。

我和她，在数年前开车兜风途中，就在这样的山间道路上永远地分了手。那天是我开车，女友恳求我让她中途下车。她说，既然大家不能再回到共同的家里，她就先去做短途旅行，然后再回家。她说得很认真。我说，难怪你带这么多行李。我明白了，出门之前她就没打算一起回家。对她而言，我从她家搬出去是严重的背叛，恶劣的程度比我想象的严重得多。不管我怎么劝说，她都不肯退让。我甚至觉得如果不让她在这里下车，说不定我将小命不保。

她对我说:"我绝不愿亲眼看着你离开我们的家。我不会那么快回家的,你先回去,在我到家之前把你的东西都搬走吧。"

我照办了,虽然车是她的,我还是让她下了车。

我还记得她分别时的脸、她落寞的眼神、她披散在脸颊的长发,还有永远映在后视镜中的她那米色风衣的颜色,她那仿佛即将被山野的绿色吞没的身影。她一直在挥手,好像要在那里永远地等着我。

有时候对甲来说无所谓的事情,在乙看来,其痛苦程度却等同于死亡。我不太清楚女友所经历的人生细节,但是我无法理解,别人当着自己的面收拾行李离开,真是那样的一种苦楚吗?我不知道这是否就是所谓的合不来。我确实是因为没地方住才利用了她,事实上,我也没打算和她——一个女子,一直好下去。那时候两人住在一起,她喜欢上了我,我顺水推舟地和她有了肌肤之亲,仅此而已。但我觉察到她并不是这么想，或者她根本就晓得我不是认真的，只是假装不知道。回想往事我深感内疚，我把她当作不知如何面对的一份记忆埋藏在心里，不敢触碰。

往事凝固成许多个画面，让我的心无情地坠入黑暗。

我调整了一下心绪，拼命快步向前走。忽然，我看见前方一座神秘的神祠，里面却不见有地藏菩萨。但也并没有供奉其他什么神像，里头什么也没有，只是一座空空的神祠。虽然供有鲜花、纸鹤和酒，却都不是新近的东西。蓦地，我脑海里闪过一个念头，拦都拦不住。

"这附近肯定长眠着极为邪恶的东西。"

我无法解释为什么会这么想。也许这里原先有地藏菩萨之类的神像，只不过损毁了，或者只不过是被人搬走了——我努力这么想，可是不行。无论怎么想，我仍然感觉到极为沉重的宿念层层堆积，形成浓稠的团块，在那里飘荡。我毛骨悚然，不由得仔细打量。

这才发现，神祠的正中间摆放着十多个小鸡蛋似的浓黑石块，围成圆圈。这又令我感觉非常不舒服。

我努力不去看，加快脚步离开。我偶尔会在旅行途中碰到这样的事情。这世上确实存在沉淀着怪异气息的地方，那种东西，势单力薄的个人最好敬而远之。

我回想起从前在巴厘岛、马来西亚看到过令人毛骨悚然的洞穴，在柬埔寨和塞班岛等等许多地方，我还感受到那里充满战争遗留下来的真切的阴暗怨念。因为父亲的工作关系，我从小就跟着他去过很多这样的地方，这可能也是我的第六感变得敏锐的原因之一。有时候我会很讨厌某个地方，一打听，多数情况下，那里不是发生过事故就是出过命案。

但我最害怕的还是有生命的人。和活人比起来，场所再恐怖也不过是场所，幽灵再可怕也只是

已经死去的人。最最令人害怕的，我想永远会是有
生命的人。

转过弯道，那种恶心的感觉一下子从肩膀上溜
走了。静谧的夜色再次把我包裹起来。

夜色"嗵"地放下它的幕帐，周遭空气澄净，
叫人心情舒畅。当风儿吹过，色彩斑斓的红叶便
在微明的夜色中向我飞过来，仿佛美丽的梦织成
的布匹将我缠裹了起来。

我彻底忘记了先前的恐惧，继续往前走去。

道路不一会儿就转为和缓的下坡路，路面也
宽敞了。接着发现树影间的灯火好像多了起来，突
然之间，我人已经到了小镇。道路两旁小商店鳞
次栉比；空无一人的车站月台上灯火通明；路上几
乎看不到人影，而每个房子里都露出灯光。

这个时间不太适合去小酒馆，镇上的男人们
结束了工作，正热热闹闹地聚在那里。于是我挑了
一家冷清的乌冬面店。

面店的老板正准备打烊，看我要进来显得很

为难。"请进……"他很不情愿地招呼道。我已经走得筋疲力尽，只想先坐下来，便走进店里。

店很小，水泥地，只有四张桌子。桌上的五香粉调料瓶空空如也，看来似乎几百年前就已经断货了。

老板熟练地煮好乌冬面，放到我面前说："慢用。"店里回荡着电视机里综艺节目的声音，反而把气氛衬托得越发冷清。面条难吃得让人牙齿打战，于是我让老板来瓶啤酒，得到的回答是"没有"。早知这样还不如在旅馆的餐厅吃了，虽然明知那里又贵又难吃。

老板晃着二郎腿等我吃完，面条味道差劲又温吞吞的，还碎成一截一截，实在难以下咽。算了，别老想这个了。我从口袋里掏出地图，打算看看今晚住哪儿。忽然"啪"一声，什么东西掉到了地上。

心底涌上来一阵寒意。

这是一块和那座让人毛骨悚然的神祠中的石

块一模一样的卵形黑石头。

怎么会这样？不是那里的石头吧，这只是碰巧而已……我努力这样想。真是想不通，难道那时候害怕得晕头晕脑，自己捡了石块放在口袋里，然后又忘得一干二净？这样也说不通呀。这解释虽然让我感到恐惧，但总比现在莫名其妙地担惊受怕强。

我心头发麻，盯着石块看了一会儿。算了，忘了它！就让它留在这个讨厌的乌冬面店的地板上算了。可别再跟着来呀！我心里默念着。

心里冷静的一面说："石头不会自己进口袋，这是刚才中午在外面吃盒饭的时候弄进来的，不是同一个地方的石头。"但是我不想在这个问题上再纠缠下去了。

我只想早点到旅馆的房间里，看看电视，把头发洗干净，再喝点茶，平平常常地做些平常的事。对了，指南上说旅馆里有温泉，那就在温泉水里放松一下身体……

老板已经开始打扫店铺了，我丢下没吃完的面起身结账。出门的最后一瞬，我瞥见他正用扫帚把刚才那块石头"咕噜"一下拨往墙角。

2. 旅馆

旅馆的前台光线幽暗，铺的地毯脏兮兮的，散发着霉味。不过这样的地方我住惯了，所以也不以为意。不管怎么说，终于抵达终点，让我不胜欢喜。

按铃按了好久，才见一个阿姨从里面的日式房间里出来。她五十四五的样子，人瘦瘦的，目光很锐利。

她的表情像是埋怨我怎么来得这么晚，但一听我还没吃饭，马上又变得笑容可掬。

她对我说："餐厅营业到十点，现在就去还来得及。如果你确定下楼用餐，我跟他们说一下，让他们等你。你先上去把行李放好吧。这附近只有一家汤面店，不巧今天又休息。"

"我马上就下来，麻烦你了。"说完我就先上
楼到房间去了。

放好行李，脱掉散发着汗味的袜子，我急急
忙忙地下了楼。

果不其然，光线幽暗的餐厅里只有我一个顾
客。餐桌上古怪的花瓶里插着人造兰花，花纹汤
盘里盛的浓汤自然是一股罐头味。日本人不知在
何时何地搭错了哪根筋，把这种玩意儿当成高档
生活的标准配置。不过喝了汤，吃了硬面包，又来
了点小瓶啤酒，我的胃终于暖和起来了。

窗外可以望见黑色的山影和夜色下的小镇，街
灯星星点点延伸向远方。我感觉自己来到一个不存
在的地方，仿佛已经无处可回。我觉得那条路不
通向任何地方，这次的旅程永远不会结束，黎明
也将永不再来。我甚至觉着自己能明白幽灵的心情
了，他们不正是被永远地囚禁在这样的时间之中
吗？真是奇怪，我怎么会想到幽灵的心情去了？也

许是累了的缘故吧。

再看窗外，天空忽然变亮了，紧接着消防车和救护车喧闹着从旅馆的窗下经过。我有种不祥的预感，于是起身结了账。

我拿着浴衣准备去洗澡，经过前台的时候正好碰见刚才那阿姨怕冷似的从外面回来。

"发生了什么事？"我问道。

"乌冬面店着火啦。"阿姨说。

咦，这是怎么回事？我接着问："有人伤亡吗？"

阿姨盯着我看了老半天，沉默着不说话。我赶忙解释道："来这之前我吃了碗乌冬面，不过没吃完就走了。我在想，不会就是那家店着火吧。"

"你不是说没吃晚饭吗？嗯，不过也是，那儿的面很难吃吧。连本地人都不光顾，肯定不合城里人的口味，这我知道。"阿姨说道。一语中的！那儿的味道的确差劲，不用我开口，阿姨把我想说的都说了。

"没有人伤亡，店里就一个大叔，人平安地逃出来了。听说是因为店里的炉火没彻底熄灭。唉，大概是脑子不好使了。"她笑着说，"和你没关系的，去洗澡吧。"

不，没准有关系，我有种隐约的直觉……

我走去洗澡，内心却想远离此时此地，逃到另外的城镇、今天以外的时间中，但是我的全部身心，已完全陷入了这个夜晚，沉浸在这片寂寥怪异的空气之中。眼中看见的一切仿佛都加上了滤镜，让我无论对任何事物都不能正常思维。我被这种夜晚的力量彻底俘虏了。

浸泡在溢满温泉水的小小浴池里，看着旧瓷砖上的美丽纹样在水面荡漾，心情松弛了一些。

泉水很热，热量渗入我疲倦的身体和疼痛的双脚。我在荧光灯下慢慢地洗着身子。

早点天亮吧。真想把身体暴露在炫目的、涤净万物的晨光里，就像现在泡在温泉里一样。因为我明白，就像发高烧时回忆不起平常的生活一样，只有在这夜色中，现在的我才是存在的。

我打开窗，让脸感觉凉快点。窗外黑暗寂静，星星闪烁着冰冷的光芒。树枝纹丝不动，仿佛受到了黏稠夜色的束缚，时间也停滞不前。

这时间就像和千鹤在一起时的一样。

今天怎么老是想起她呢？

目光转向下方，我看见自己裸露的身体，没什么变化的白白的腿和小腹，还有脚趾甲的形状。我猛然记起，今天是她的忌日！

我对着窗外的小星星，祈祷她的在天之灵平平安安。

我祈求神灵能明白她的好、她可贵的脾性和清秀的面容。请神给她带有床幔的极柔软的床、特别甘醇的天国的美酒、没有丝毫痛苦的转世。神啊，求求你，哪怕把我的生命缩短一年也好。唉，反正我会活很长的。

心情总算踏实了一些。已经泡得全身发烫的我起身回了房间。

3. 梦境

泡过温泉，身体的疲倦完全消除了。我又喝了点冰箱里的冰镇酒，然后一头倒在床上。我连行李都没打开，床头灯也忘了关，穿着旅馆给客人准备的浴衣就入睡了。房间里除了床没有别的东西，窗外是山的阴面。等我再次睁开双眼，应该已是清晨的阳光照在褪色的窗帘上的时候了。我想着想着，沉沉地睡去。今天那些有点恐怖的事也已经消逝了吧……进入梦乡前，脑海中闪过的这个念头叫我彻底放松了。

可是人生并非那么如意。

时间时而伸长时而缩短。伸长的时候像橡皮筋一样，把人永远箍在它的双臂中间，轻易不放

19

你出来。有时发现自己又重新回到原地，站在那里闭上眼睛，时间还是一秒也不往前进——人就这样被丢弃在时间停滞的黑暗中。

梦境中，我处在一个迷宫似的地方。

狭窄的通道交错密布，我在黑暗中匍匐前进。岔路不少，我告诉自己要冷静判断，先出去再说。有时候前方的空间足以直立行走了，道路却又分出新岔。

不久，前面透出亮光，我加紧了脚步。

我来到一个明亮的地方，那里有一个小小的洞穴，洞口装饰着色彩斑斓的布，还点着蜡烛。仔细看，布饰里面是一间神祠。啊，这个神祠我有印象。好像曾经见过这里，我在梦中想。

这时，听到耳边有人在说："今天是……月……日。"听不太清楚，但我觉得很不舒服。因为那是我想要忘记的日子，好像就是那个日子。

于是我回想起某个场景：那个令我怀念的房间。窗外可以望见不远处的高速公路，噪音持续不断，还能闻到汽车尾气的味道。肮脏的地板、薄薄的墙壁。我曾经和谁住在那里……

正想着，发现在蜡烛光亮的照射下，有个影子在隐隐约约地闪动。

"得祭奠一下了。"千鹤说。没错！就是她！梦中的我想起来了。

不知何时，她从我身后走来，进了洞。她的肤色依旧白皙，头发短得不能再短，看起来十分寂寞。

她没正眼瞧我，只顾往祭坛似的高台上摆放起黑色的石头来。

千鹤告诉我："这是河滩上拿来的石头。"

我觉得应该说点什么，于是开口说道："就是那个有名的河滩①吧……人活着的时候无法去到的地方。"现在这时候竟然只会说这些话，我觉得自己真过分。

---

① 指日本传说中去冥土途中必经的河滩，死去的小孩为了供奉父母而堆积小石块，每当垒好，便有鬼怪来推倒。

"是啊。"千鹤依然没有看我,"我要祭奠一下,今天是忌日。"

"这不是应该我来吗?"我说道。

"你明明都忘了。"她笑道,"忘得一干二净,还哼着小曲在山路上漫步呢。"

我无言以对。

"你还是不明白,不管什么时候,你总以为自己最辛苦,只要自己得到解脱和轻松,只要自己最开心就好。"千鹤说。她的眼中燃烧着我未曾见过的幽暗的怒火。我气不打一处来,一直以来,我都是用自己的方式爱着千鹤的。

"你说的没错!我要是更痛苦就好了。和你比起来,我根本没经历过什么大不了的不幸。我的人生和你受的苦相比,真是不值一提。要是去参加'悲女'歌唱比赛,连C奖都得不到。"我无法抑制心中的怒气,用颤抖的声音说。说着说着,我忽然惊愕地发现,相比平日的感受而言,我的确把自己的人生想象得过于糟糕了。

洞里闷热，空气稀薄，我想，要是有一扇窗户就好了。我还要在这里待到什么时候？蜡烛光昏暗地照着泥土的墙壁，空气中弥漫着灰尘和一股发霉的气味。

我被热醒了。房间的天花板被灯光照得亮堂堂的。我身上出了汗，梦境的沉重使头又沉又痛。浴衣不舒服地扭曲着，床单也满是褶皱。唉，做了个什么梦哪。

看看钟，凌晨两点。头脑已经完全清醒，看样子是睡不着了。我爬起来，从冰箱里取出水，咕咚咕咚地灌下去。这一刻我才感到自己还活着。哦，对了，是空调温度太高了，明白过来后，我转动老式空调的旋钮，调节好温度。

深夜的房间一片寂静，没有什么活动的东西。

我起身向窗外望去，外面黑黢黢的，同样看不见任何活动的东西。窗户上映着我的脸。

不行，今晚有点不对头，我想。

看现在这情形，我在山路上到底还是捡回了

什么。

梦中的千鹤没有了她一贯的宽厚，很刻薄。但那无非只是个梦而已，我想。

千鹤的言谈不是那样的，她说起人来，比这更猛烈、更计较，讽刺得更辛辣，但又更机灵、更温柔。一定是我的罪恶感生造出了梦境中的那个她。

我躺了一会儿，睡意再度袭来。

一回神，发现自己又来到洞中。唉，又来了……

千鹤闭着双眼，跪在地上专注地祈祷，那样子美极了。洞壁在蜡烛光的照射下泛出灰色，她文雅的气质使这里仿佛变成了专为祈祷而设的特殊空间。

在摇曳的灯光照射下，千鹤的睫毛令人怜惜。她紧闭的眼帘下，那对美丽而冰冷的褐色眼眸在微微颤动。她在祈祷什么？她为什么而苦恼呢？

我试着重新回忆，却发现自己对千鹤一无所

知。那时候的我意识模糊不清，莫名其妙地感觉疲惫不堪、内心伤痛。那时候我还很幼稚。窗外似乎永远是阴霾，不，还不仅是阴霾，那年的雾天格外多。夜晚的窗外一直是浑浊的灰色。

我心想，这里的场景和记忆中的片段彼此呼应，构成了眼中悲伤的梦境。算了，现在还是看看我牵挂的千鹤吧。

是啊，只要不说话，梦中的千鹤还是以前的千鹤，让我非常怀念。她穿的那件袖口绽线的白色开衫，以前我们俩老是抢来抢去，后来说好谁先起床就给谁穿。还有她身上那条我们各出一半钱买的牛仔裤、她发梢干枯的浅褐色头发，这些都是我一直想见而又见不到的。我目不转睛地凝视着她。

我想，其实我的想法从来没有传达到千鹤心里。她始终就这样把自己深深埋藏在心底，这一点，她甚至无意向别人透露。

以前我只是一直守望着千鹤，正因为如此，

我喜欢静静地看她。层层的烦恼堆积成人生淡淡的暗影，她就像是那暗影造出的存在。

千鹤朝我转过身来，这时蜡烛熄灭，一片黑暗。

哎呀，又睡着了……我醒过神来。

睡着的时候，又跑到梦里去了。

三点钟了。我口干舌燥，头隐隐地有点疼。

环顾陌生的房间，没有一件让人感到真实的东西。我把脸贴在床单上，没一点感觉。还是喝酒吧——我做了个选择。我从冰箱里取出威士忌，倒进杯里。不睡了，今天是千鹤的忌日，不管多少次进入梦乡，总会遇见她。这样的话，即使是这个地方古怪魔力的作用，不也很好吗？那个山洞在哪里呢？我想着这个问题。接着，我猛然醒悟：有个邪恶的人或物，被活生生地埋进了那座神祠附近的山洞。我不清楚自己怎么会知道，但大脑确实是这样想的。而且这么一想，所有的怪事都想通了。

我怎么会知道这些事呢？不过我相信自己的感觉。

千鹤死后我没有流一滴眼泪，为什么呢？为什么刚才在梦中，我又对她那么凶呢？哪怕是虚情假意，也应该对她温柔些呀。

4. 访客

这时，有人敲门。

我吃了一惊，心中有些忐忑，我以为是前台的阿姨在敲门，于是透过猫眼瞧了瞧。

在灯火出奇明亮的走廊里，一个陌生的女人穿着浴袍，低垂着双手站在门外，看上去孤零零的。

我打开门对她说："你看到了，我也是女人，不需要那种服务。"

那女人听了低声回答："不是的，我被关在门外了。"

"房间里没人给你开门么？"

"好像睡得很死。"

"那么来我房间打个电话吧。"

"谢谢你。"

她身材瘦削，长长的头发，脸的下半部很尖，嘴唇薄薄的，看起来没什么福相，不过气质不错。她的浴袍底下什么都没穿，在房间里走动时能看见体毛。我不禁吓了一跳，也不知道她这副样子在走廊里待了多久。

她站在电话前面，却没有打电话的意思。

"你不是忘了房间号吧?"

"不，没有。不是这样的。"她夸张地摇着头，"其实，我们吵架了，所以打电话他也不会接的。"

"可是把你这样赶出来，他现在也在后悔吧?"

"嗯，过十分钟再打打看，请让我歇会儿。"

我倒了一杯威士忌递给她。她伸出裸露的细细的手臂，接过酒杯喝了一口。

"你有没有过这样的经历?"她问我，"被人粗暴地对待，或是对别人很粗暴?"

我答道:"有很多次啦，那时候……"就像刚才梦中对千鹤不友善那样，"我仿佛到了另外一个世界，头脑无法正常地判断，身体却擅自行动。"

"是呀，好像在做噩梦一样呢。"她说，"我的男友有妻子，他不肯为我离婚。"

"你们就因为这个争执起来，他把没穿衣服的你赶到走廊里？"

"是我不对，本以为他会做出更暴力的事。这么小的镇上，在外面大声说点什么，流言就会传遍整个小镇。有时候我会故意在大马路上跟他吵架，他却始终保持沉默，绝对不会跟我恶语相向。而我却不停地吵闹，不管是在商店里还是路上。我明白自己逐渐陷入了一种奇怪的精神状态，就像被套在塑料袋里，氧气越来越少，没人理会，感觉已经快不行了。他一到旅馆就会打我。我们折腾来折腾去，彼此都身心疲惫不堪。刚才我们俩在山路上碰了面，接着又是争吵，走着走着，我觉得一切都没什么意思了。已经开始听到关于我们的流言，妈妈居然叫我滚到医院去，镇上看样子是住不下去了。怎么看我们都要散了。"她絮絮叨叨地说着，仿佛说的是别人的事。

"抱歉，你光在我房间就已经让我感觉很累了。"我说。这是实话，看着她的样子，听着她的声音，我的头皮直发麻，感觉里面好像有什么被吸走了似的。"你快打个电话吧。"

"我怕，不想打。"她回答道。

"那么我去把前台的阿姨叫醒，把钥匙拿给你吧。"这点忙我想我还是可以帮的。

"好像这样最好，能麻烦你去一趟吗？"

"可以啊。"

"你能再听我说一会儿吗？我想让心情稳定点。"

"行呀。"

"那到底是一种怎样的心情呢，把彼此弄得遍体鳞伤？"她凝视着我的眼睛问道。她的世界里全都是她自己，容不下任何其他东西。

"对不起，我没法给你提供参考意见，我没有那样的体验。"我说，"人不管在什么时候，总有些地方值得一看，或滑稽或有趣，或开心或美丽。"

那一年发生了太多不平常的事。

外面有别的女人、长年不回家的父亲离开了人世，他偷偷地给我一个人留了一笔遗产。母亲为了得到那笔微不足道的遗产暗地里搞鬼，偷了我的印章和存折跑了。

说是母亲，其实她只是我的养母，但我们关系很融洽，所以发生这样的事让我很受打击。听说她辞了小酒馆的工作，和男人跑了。我恼火至极，于是查到了她的新住处。有一天我决定去拿回父亲的遗产，我曾担心能否轻易得手，而事实上顺利得简直不费吹灰之力。

我到达那个小镇是午后接近黄昏的时刻，我想如果母亲和一个令人恐怖的男人住在一起就麻烦了。我找到公寓后并没有立即进去，而是在陌生的镇上消磨时间，等待夜色来临。

那时候我的心情……

所谓的生活模式，是一种渗透到人身体里面的东西。那时候，母亲和我之间唯一的维系，就是渗透在身体里的时间的节奏。

我不愿接受那么残酷的现实，总是想以后还会再见。母亲把我的监护权迁到祖母家，我虽然知道，可还认为能再见。但是，从那以后我们还一次都没见过。说不定以后再也不会相见了。可当时我难以接受那样的现实，所以我封闭了内心，不让真实的心情涌出来。

即使在那个小镇，从幼小时起就印刻在我身上的时间的节奏依然如期而至。傍晚，当电视新闻节目开播，鸟儿飞过西边的天空，巨大的夕阳浮在西方慢慢落下地平线，这时候，我总是一个人在行走。或者走在放学回家的路上；或者是从恋人家回来；要不就是没去上学，无所事事地晃回家；要么就是去找朋友。但是和母亲一起住的时候，我总是先回家换掉校服。

因为只有在那个时间，我和母亲是联系在一

起的。并不是因为想见面，而是没有血缘关系的人之间一种类似情义的东西，是我所习惯了的一种本能的孩子气的举动，我是为了让母亲知道有个活物需要照顾。

我回到家，母亲总是在吃晚饭，吃完饭她要去上班。父亲不常回来已经有很长时间了，后半段基本上都是我们两个人过日子。我只陪母亲吃一会儿晚饭，然后目送她去上班，向她挥挥手说："拜拜，路上小心。"洗好衣服、搞好卫生之后，我多半去朋友家或恋人家，都很晚才回家。

母亲有时候不回来睡觉，但从来没往家里带过男人。对很看重情面的母亲来说，家还是父亲的地方吧。如此看重情面的母亲居然会将遗产占为己有，这大大出乎我的意料。但我也不好说三道四，父亲的做法确实让人憎恶。母亲千方百计把没有血缘关系的我养大，父亲却什么都没留给她。

我在这个陌生的小镇上玩了会儿游戏，喝了好几杯咖啡，坐在河堤上看夕阳，在书店里站着看了一会儿书，渐渐地，我感觉意识有些模糊起来。

我仿佛站在一个梦中的平凡小镇上，我的心在夕阳照耀下好像开始腐烂。我头晕目眩，觉得转过街角就能回到家了。那里肯定有我和母亲生活过的房子，洗过的衣服的味道、厨房地板嘎吱嘎吱的响声都复活了——我只能想到这些。这处公寓非常不错，但已经有了二十年的历史，到处都是毛病，冬冷夏热。我觉得自己可以回到那个房子，而母亲正在若无其事地吃晚饭，我飞快地走进去，原先的生活似乎又恢复了。今天是星期一啊，得把干净衣服叠好，然后得去买东西，我还在想。

可是，在这个陌生的城镇陌生的公寓，母亲正和一个陌生的男人住在一起。我凭着大致的感觉，在我认为不早也不晚的时间回到母亲的公寓楼下。

以前母亲总是习惯不拉上窗帘，搬来这里仍旧任由窗帘大敞着。从玻璃上的影子可以看见她急匆匆地准备出门，虽然隔着磨砂玻璃，动作还是看得很清楚。母亲还是老习惯：又回去一次换衣服，站在窗边的大镜子前左看右看仔细打量全身——我的思维越发紊乱，甚至忘了现在身处何时。我甚至想，如果我现在进去，所有的事都会归于未曾发生的状态，时间又会回到从前……母亲关了灯走出房子，也就是说，那个男人此刻不在家。

母亲步履匆匆地出了门，没有发现躲在暗处的我。她长得漂亮，而且把接待顾客看成生活的意义，所以小酒吧的工作是她不能缺少的乐趣，她在这个小镇也做着相同的工作。母亲快步走远了，她纤细小巧的背影一点没变。

我凭借信箱上的名字迅速确定了母亲住的房子，然后伸手去摸信箱的顶部。和以前一样，母亲用胶带把钥匙粘在信箱上面。我取下钥匙，向母亲的新住处走去。

这栋公寓大得像个小区。每当和人擦肩而过，我这个不速之客的心都怦怦直跳。各家各户的窗子里传来各种各样快乐的声响：有小孩的声音，早早泡在浴缸里的父亲的声音，叫人的声音，准备晚饭的动静，迷人的香气……不知怎的，我很想哭，于是加快步伐穿过走廊。

　　母亲的房子在最里面，我插入钥匙打开门，墙上挂着陌生男人的衣服——西服。我松了口气，从西服的质地看，主人肯定是个普通的上班族，看来和黑社会没什么关联。母亲是否已开始新的人生？厨房收拾得整整齐齐，留有母亲的气息。一共有四个房间。应该是这间——我猜测着走进刚才看见窗户上映有母亲身影的房间，拉开衣橱中想必用来放内衣的抽屉。不出所料，在内衣下面藏着我的存折和图章。打开存折一看，父亲留给我两千万日元，这笔钱好像还没有动过。两千万暂且不说，过日子没有图章可太不方便了。我拿着东西走出房间，把门锁好。锁门的时候我还在想，走时锁门的小偷可真少见。抽屉里面，我留了张纸条，上面用小字写着"怪盗鲁邦三世①到此一游！"那时还边写

――――――――――――

① 一个电子游戏中的人物。

边想，母亲看到了恐怕笑不出来吧。我把钥匙按原样放好，然后乘电车回了家。

第二天，我注销了电话，改用手机，接着办好了搬家的手续，因为万一母亲发现了来要钱就麻烦了。那时候，我把这辈子的活动能力都用上了。我花了一个通宵，把所有的东西都处理掉了。父亲的衣服整理了一个纸箱，他的书、信件和其他留下的东西暂时寄存到保管仓库。母亲没带走的，都是打算扔在这里的没用的东西，我全部扔了。接着把行李整理到最精简，处理不掉的寄存到保管仓库，最后只剩两个行李箱。第三天，我到银行开了个一千万日元的新账户，开了一千万的支票寄给母亲。拿到挂号件的凭据时，我的脑海里浮现出那个公寓的信箱，我真切地感到，当支票投入信箱的那一刻，我就真成孤身一人了。

我在商务酒店住了一段时间，后来千鹤叫我去她家住。她原本是我朋友的朋友，我原先就知道她喜欢我，我也喜欢她。而且我希望时间停滞，直到围绕着我的不安心情消散，所以就接受了她的好意。

我和千鹤的生活，打一开始就充满了乐趣。

她能看见幽灵，能感受到幽灵的存在。朋友中有谁遇上伤心事，她虽然不想哭泣，可泪水还是会自动流出来。我搬去后，她用手贴住我的患处，为我治疗肩酸和胃炎。她告诉我，小时候她曾经受过意外伤害，从长长的楼梯上滚落下来，后来就变成这样了。她有一双能透视的眼睛，经常用明亮的目光凝视别人不太注意的地方。她性格坚强，不知道什么是恐惧。

我们住的地方和那时我烦乱的心境吻合得不能再吻合。房间位于高速公路近旁的破旧建筑的七楼，窗户下面是乱七八糟的小巷，贫民窟般的街道。楼里住了不少欠交房费的住户，总是闹哄哄的。楼上和我们的房型一样，但两个房间里住了一家八口，吵闹非常。这栋楼就像以前电视里看到的九龙城。

我问千鹤为什么选了这样的居住环境，她笑着回答："因为说不出的踏实。"她又解释说，如果看见的都是正常人，反倒觉得自己不太正常，心里不踏实。

她病态地喜爱干净，总是把地板和厨房擦得锃亮。我常常半夜三更被她擦地板的声音弄醒，也经常在擦得太光滑的地板上滑倒。

她几乎不睡觉，说睡几个小时就行了，擦地板是消磨时间。在和我一起住之前，即使没人留意地板，她也是擦着地板等待天明。

她坚持说自己能看见幽灵，经常嘟囔些吓人的话，什么老奶奶拿着柿子来了，那个小孩被车轧了之类。跟她在一起，你发现世界上净是幽灵。

凡是看不见的东西我就当它不存在，所以也不放在心上。但我偶尔也感觉到存在什么，有时在路上，有时在房间里。这种时候，千鹤肯定会说那里有人。为了不看幽灵睡个安稳觉，她睡的时候身上总戴着许多闪闪发光的东西，像戒指、耳钉、手镯。她说这样幽灵就不会靠近了。亲热的时候，搞不清为什么千鹤总是扮男人，她身上的饰品不是压到这儿，就是压到那儿，总把我弄得很疼。

那一年的雾天真多。

我经常在早晨醒来的时候，看见千鹤擦地板擦到一半，一只手拿着抹布坐着望窗外。

汽车的车灯映在雾气中，使天空弥漫着奇异的光芒，不像这个世界的风景，再加上看风景的千鹤，仿佛是世界尽头的景象。

我眯着眼，不告诉千鹤我已经醒了。我看着她，她把肘支在生了锈、被风吹得摇晃的窗框上，像个孩子似的眺望远方。窗外是牛奶般浓浓的、仿佛触手可及的雾气。早晨永远也不会来临了吧，我想。千鹤纤瘦的身体、细细的胳膊，看起来好像被这个世界排拒在外。似乎只有在这样怪诞的风景中，她才被允许存在。

人因为厌倦了对方，总以为分手是自己或者对方的意志所造成的。其实不然，共同生活的结束就像季节的变换，仅此而已，不由人的意志左右。所以反过来说，在分别的时刻来临之前，日子都可以快乐地度过。

我们一直到最后的最后，都过得很和睦快乐。

只有我这么认为么？不，不是这样。

我在那座旧公寓楼里吃着便利店的盒饭，为了长大而慢慢地锻炼自己的心肌。我盘算着差不多可以开始一个人的生活了，正巧离那儿不远有一处便宜的房子，于是我马上决定搬走，并告诉了千鹤。当时，她没有显露情绪的波动，还笑着说，以后常来玩啊。所以我并没有觉察到她受了沉重的打击。

最后的那个星期天，我们都有点寂寞。千鹤提议开车出去，于是我开着她的车去了附近的山上。我们在山上的茶室吃了蘑菇饭，到观光高台看了色彩斑斓的群山，然后去洗了温泉。

对，那确实是秋天。

在温泉里能清晰地望见让人狂迷的红叶、红黄交织的炫目色彩。每当风儿吹过，红叶像暴风雨般狂舞。我们两人一直泡在露天温泉里，寂寞却无法消除。

寂寞——时间消逝的寂寞，分道扬镳的寂寞。

"为何如此地寂寞？不正常呀。"

"就搬个家嘛，怎么会这样？"

我们你一句我一句，仿佛说着别人的事。

周围的人都快乐得让人羡慕，来泡温泉的有老奶奶、小孩子和妈妈们，平凡的生活在她们的身体轮廓上刻下了印记。这些人走了，又不停地有人进来。我们始终泡在温泉里。天空看起来好高好高。

"老是待在房间里，雾又多，天气也不大好，到了这么美丽的地方就像是做梦一样。"千鹤说。

"头脑感觉很清醒，天空这么晴朗。"

在回程的车上，千鹤提出："我要在这里下车。"

不管我怎么说，千鹤都坚持己见。车内的空气越来越凝重，我受不了，中了魔法似的让她下了车。

当我独自回到千鹤的房间时，我想，我都做了什么呀。不管怎么想，她都是认真的。现在我能做的，不是在这里等她，而是不让她看见我离开这里的场面。因此我收拾好东西，打扫好房间，彻底清除了我的痕迹。我留下所有我们共有的东西。我回想在如此短的时间里接连两次闪电式搬家的人生经历，也想起了千鹤。无论我多么喜欢千鹤，我也不能长久置身于她寂寞阴暗的空间，我始终没有爱上她的自信。我知道自己以后会喜欢上男人，会做出让千鹤更伤心的事。所以我一直没有打电话。

过了一个月之后，我习惯了新的住处，生活也完全进入正轨。这时，我又觉得需要千鹤这个朋友，终于下定决心去见她，于是给她打了电话。

"啊，是你，好吗？"电话那边千鹤平静地对我说。

就在她那个房间里。

"前些时我用了你的车，对不起，你平安回到家了吗?"

"没事，也不是很远啊。我在外面住了两晚，而且还搭了顺风车，很快就回到了家。"

"那就好……"我眼中含泪。

"是我说要下车的，我是真的想在秋天的自然中多待一会儿，整理一下心情。我自己要下车，并没有怨恨你的意思。"千鹤温柔地说，"无论如何，我也不想看着你离去。"

"我明白你的想法，但至少要让我送你到车站啊。"

"不必了，在车站分别，你不觉得难堪吗?"

"这倒也是。"

"和你一起生活，我真的很开心，我没想到自己还能和别人一起过日子。"

"我才是呢。"

"你的命很大，所以人生不平稳，要经历很多事情。不过你不要苛责自己，要无情地活下去。不管发生什么，都要昂首挺胸地面对。"

"为什么？我老一副昂首挺胸的样子？"

"没有。"千鹤咻咻地笑了，银铃般的笑声轻轻回荡在我耳边。

"再见。"

"再见。"我如释重负地挂了电话。我的心中涌起希望，我们也许没有明天，但或许可以通过其他方式维系在一起。我的心中涌起希望。我沉沉地睡了，自从在那山路上和她分别以来，这当真是第一次沉沉地熟睡。

那次，我也做了一个奇怪的梦。

我已经不再生气了，心平气和地掉转车头往回开，夜色中，树叶的颜色朦朦胧胧。当我把车开到和千鹤分别的地方，我看见她像小猫一样蹲在那儿。当我开车靠近，千鹤开心地笑了，她打开车门，带着我从未见过的充满活力的表情坐进车里。我们把手握在一起。单手在山路上开车很费劲，但我不想放手，我不想放开千鹤冰冷的手。她的手指总是冰冷，她看上去比平时更瘦小。不管公寓多么肮脏，就算漏雨、墙壁太薄噪声太大，窗外没有一丝温暖人心的景色，也要两个人一同回到那房子里去，今生今世不再分离……

这时候我醒了。

内心五味杂陈，难以名状。

接下来的一整天我都在想这个梦。傍晚时分，我想起还没有把新地址通知千鹤以外的人，于是打了电话给一个朋友，我和千鹤都认识他。

"你还活着！"他大叫道，"你真是坏人命大！"

"怎么回事？"我问他。他的话和千鹤在电话里说的竟然出奇地相似。

"你难道不知道？……对不起。前天那栋公寓失火，千鹤死了。"

"咦？我昨天还和她通过电话呢。"我惊讶地说。

"是吗？……这就是那个，那个什么来着。如果是千鹤，有这种可能呀。"

"不，不会吧……"

"大家都担心你的安危，我们去现场找过你，也打听过你的下落。又没有办法联系到你，真不知道该怎么办。你还活着真是太好了，不幸中的万幸啊。我去告诉大家。"

朋友语无伦次地说着，悲哀一分不少地传染到我身上，我呆呆地紧握着话筒。我说："谢谢你告诉我，会不会举行葬礼？"

"千鹤的一个亲戚到医院草草地把她的遗体接走了。说是亲戚，其实和千鹤关系也很疏远。据他说和千鹤有差不多十年没见了。千鹤以前好像闹出不少事，亲属都和她断绝了来往。我们请他通知葬礼的安排，但一直没来联系。"

"这样啊，你问过联系地址吗？"

"嗯，打听了，下次告诉你。你也想去坟上看看吧。千鹤真是一转眼人就没了，消失得无影无踪啊。"

"是啊。"我还有一个疑团想解开，"是千鹤的房间着了火吗?"

朋友干脆地回答:"不是。是隔壁酒精中毒的家伙，喝得酩酊大醉忘了在煮开水。他倒是跑得比谁都快，捡回一条狗命。"

"我知道了……"

我哭不出来。连现在也不知道该怎么哭。

我后悔了无数次，现在还在后悔。不过有好多回，我倒过来想，我们之间注定不会有更美好的将来，我们一直到最后分别都快快乐乐。我像念咒一样反复念叨。

"真羡慕，我也想和你一样。我是在哪个环节弄砸了呢?"

我没有讲述往事，她却好像读懂了我的心事，无聊地这样说道。看得出她内心百无聊赖。

"现在开始还不晚，不是吗?"我说，"你回房间，和他继续认真地谈谈分手的事，好吗?把衣服穿起来，你不觉得冷吗?"

"也许已经来不及了。"她回答道。有头发遮着，看不见她的脸。"我想和他一起自杀……"说完她就不作声了，古怪地在那儿磨蹭。

"你不是认真的吧……"我说。

"如果真这样我该怎么办? 如果我杀了他离开房间来这里……我也不希望是这样。或者自杀失败了，我醒来他却死了……是哪种情况呢?"她问我。

"根本就不是哪种情况的问题!"我训斥道。如果不大声斥责，连我自己都觉得十分恐惧。"行了! 说做就做，我去阿姨那儿拿钥匙!"

我抓起房门钥匙站起身。如果不带钥匙，我会重蹈这个进不了门的女人的覆辙——我为什么这么想呢? 她明明就在我房间里。

回头看时，她正寂寞地坐在床边，晃悠着两条腿。

她低着头，直勾勾地盯着下方。她的大腿和锁骨的 V 字很漂亮。

我乘电梯来到前台，按了半天铃。

没人应声，我继续按铃。漆黑的大堂里只听见空调响，黑暗中浮现出沙发陈旧的颜色。

过了很久很久，阿姨才从里面出来，一副没睡醒怒气冲冲的样子。

"我旁边房间里的女人没穿衣服，说是被关在门外了。我不知道该怎么办，你能不能把钥匙借给她？"

"啊？"她发出恐怖的叫声。要发出比这更恐怖的声音，看来人类是做不到了。

"你要是不相信，跟我去看看。"

万一和她一起的男人死了，最好有阿姨在旁边。

"我都不好意思说，今天这儿就你一个客人！"

"什么？但是刚才，确实……"

"嗯……我应该站在哪一边呢？"

"什么意思？"

"我是应该替旅馆的利益着想，还是让客人安心?"阿姨表情严肃地说。

"你这样等于话都说一半了。到底怎么回事?"我说。

"唉，我知道你说的是什么事。今天是个怪日子，从前这样的日子里狐狸经常出没。气氛莫名其妙地沉重，夜色漆黑，不过这样的夜晚也会过去的——你说的是穿着浴袍的人吧?"

"是啊。"

"她时常在这里出没呢。那个女的曾经在这家旅馆和情人一起自杀，就她一人死了。和她一起的是个学校的老师，因为安眠药剂量不够活了下来。后来那个男的带着老婆孩子离开了小镇。"

"怎么这样……"我感觉很不舒服。

"唉，老旅馆嘛，总是怪事多。"

听阿姨这么说，我只好接着说:"至少现在没有人被关在门外，也没有谁在房间里奄奄一息吧?"

"没错。再过几个小时就天亮了，如果再发生什么事你来叫我。"阿姨说完走进里屋。

我被一个人扔在大堂，结果只能一个人回那个房间。要么听幽灵的牢骚抱怨，要么继续做噩梦，可供我选择的太少了。

我走到屋外让头脑清醒些。

屋外狂风大作。

那些美丽的红叶也在纷纷飘落吧。

不管是这里，还是最后一次见千鹤的地方。

我这样想着，抬头仰望天空。

星空灿烂。

回头望去，除了我的房间和走廊，一片黑暗。

我想起那个女人寂寞的样子。

突然，我的脑海里闪过一个念头：她故意多服用了安眠药。而让男人少吃了一些。

所以她给我的印象很悲哀。

我怎么会知道这些事的呢？但我的确觉得事实如此。为什么今晚我明白了这么多事情？

我浑身冰凉地回到旅馆大堂，看到阿姨没去睡觉，正站在那里。

　　"阿姨，你不是幽灵吧?"我问。

　　"我只是一个在这儿工作了好多年的老阿姨。"她说，"都是你，害得我都睡不着了。"

　　"不好意思，我再去泡个温泉浴。"

　　"小心点，我在这儿守着，你从这儿过去吧。"阿姨的话里透着温情。

　　我快步向浴室走去。

5.榻榻米房间

浴池里仍然满是热水，我慢慢悠悠地让冻僵的身体彻底泡暖和了。

透过玻璃看了看更衣处的钟，马上四点了。

这是一个怎样的夜晚啊！山路上遇到的怪东西一直跟到了旅馆里，真是……我疲倦到了极点，睡意浓浓地袭来，眼皮不由得要合上了。

这次天塌下来我也只管睡觉……我打量着浴池的瓷砖想。

这里的瓷砖已经旧了，但颜色很好看，令人怀念。它们很像我小时候父亲和我的生母住处的浴室瓷砖。那时还不知道会经历现在的人生。我以为自己会跟千千万万与父母一起生活的独生女一样，平平凡凡地长大，结婚嫁人。万万没想到竟会走到相去十万八千里的这步田地……

我有些伤感，定定地看着瓷砖。当我移开目光时，发现浴池的四周用平常的石块镶成朴素的马赛克图案。

这旅馆不怎么样，浴池倒还不错。我正想着，忽然莫名地打了个寒战。我身体里的某样东西在剧烈地摇头抗拒。

怎么了，这个温泉这么舒适，小巧整洁，又古旧得恰到好处，温泉的水质也不错……我意识蒙眬，困倦地思量着。蓦地，眼睛看见一个东西。在浴池镶边的灰色石块中，夹着一块颜色突兀的纯黑色石头。

原来如此！我豁然开朗。

这家旅馆也有因缘。

因为某种机缘，这里用了一块这样的石头，所以才怪事不断。

一想起乌冬面店发生的事，我就心口作痛。

从这家旅馆一直平安无事这一点上我做出判断：那块石头大概还是不要去动为好。

这家旅馆有人殉情自杀过，还有幽灵出没，都不知道算不算平安无事。但从面店没有人伤亡来看，那个神祠就只有那点道行。

我小心翼翼地从浴池里上来，留心着不踩到那块石头。随后我先顺道到前台去。

"阿姨，晚安。"我招呼道。

"来喝点茶。你不想回房间吧。"阿姨从里屋走出来对我说。

也是想早点睡，再加上喉咙发干，所以我就朝她走过去了。

阿姨带我从前台旁边的门走进后面的一个房间。

那是一间铺着六张榻榻米的房间，收拾得很整洁。窗帘拉得严严实实的，上面印有花纹。

阿姨站在小小的水槽前面煮开水。

桌子上摆放着洁白的菊花，美得极不自然。这花好讨厌，不过恐怕碰不得吧？我心里这么想，但没作声。

阿姨端茶过来，可能注意到我的视线了吧，她开口说道："哦，那个花呀说来话长。"

茶热乎乎的，很香。

"这茶真好喝。"

"哦，我在茶乡静冈有亲戚。"她接着说，"那些花是那个自杀未遂的男人送来的，每年如此。"

"就是刚才的幽灵的相好吧？"

"是啊，每年他都叫我给供上，但是我再怎么也不能供到前台去呀，不吉利嘛，这事本来就已经够不吉利的了。他说，要么就供放在房间里吧。所以我把花放这儿来了，每天我都上香呢。"

"是吗？"

我想起刚才那个女子寂寞的神情。

"人家都说幽灵可怕、恐怖什么的，活着的人才更可怕呢。"阿姨对我说，"那天，两个殉情的人来旅馆的时候，我正好在前台。那可真叫吓人，正好那天和今天一样，是个气氛很怪的晚上。男的脸色跟土一个样，身上满是泥；女的光着脚，披头散发，身上也都是泥。他们说是翻山越岭走来的，两人都已经累得不行，气氛紧张得吓死人，简直杀气腾腾。如果在平时我肯定会拒绝，但那个女的眼睛都哭肿了，通红通红的，一个劲念叨着想休息。那情形真吓人……我看不下去了，就让他们住下，结果后来闹得天翻地覆，我都奇怪自己怎么没被解雇。话又说回来，她原本就打算自己一个人去死，自己吃的药性强，给相好的吃的药性弱。后来那男的知道了真相，像疯了一样。我也明白了，他们是真心相爱，不是随便玩玩的。"

"果然如此……"

"不过变成幽灵在这里出没，真是恩将仇报啊。"阿姨说，"反正明年这儿就关门了，无所谓。"

"这家旅馆要停业吗？"嘴上这么说，我心里想的却是还是关门好。

"是啊，打老板去世之后，少东家就说，明年把这儿改建一下开饭店。那个浴池，是老板亲手造的。"

"哦，是吗?"

"浴池很别致吧?"

"石头是从山上捡来的吧?"我问道。

"你怎么知道?"

"我觉得拼成的马赛克有点怪。"

"没错，老板是个怪人，喜欢收集石头，又不找什么钻石，净弄些如假包换、没人要的破石头。"

"原来是这样。不过那个浴池的确不错。"我提醒说，"阿姨，你要小心呀。这里很怪异，又有幽灵出没。"

"没事，刚才我不也说了，不管在哪儿都会遇到奇怪的夜晚，而且所有的事情都会过去的。该干什么干什么，当成和平常一样，天一亮就什么事都没了。比起这个，我更害怕活人。老板死的时候，少东家却喜笑颜开，看过那张笑脸，也就没什么可怕了。还有啊，看上去斯斯文文的夫妇离开旅馆之后，打扫卫生的大叔去房间一看都呕出来了，说不知道他们在房间里都干了怎么恶心的勾当。那些事才更可怕呀。"

听阿姨这么说，我的心里也踏实了，有她在大可放心。我不再担心这家旅馆的事了。

"嗯，我回房间了，晚安。"

"你不是不想回房间吗？就住我这儿吧。"

"什么？"

"来吧，我这里就是挤了些，被子什么的都有。你还是睡我这边好，她还会出来的。"阿姨爽快地说，"到早晨就没事了，到时候拿了行李就走不好吗？"

我心里嘀咕着，凭什么我花了钱还要跟这么一个阿姨睡在这么一个阴森森的日式房间里？不过这种体验很难得，就这样吧。

"那么，我就恭敬不如从命了。"

我也已经困得什么都无所谓了。

阿姨在稍稍离开她的床铺的地方给我铺好了床褥。

狭小的房间，低矮的天花板，菊花的香气。

我钻进被子，说了声晚安。

"好好睡吧。"阿姨说着帮我关了灯。

阿姨只留了盏厨房的灯。在她洗茶具的时候，我一下就睡着了。

6. 又见梦境

这次是非常真实的梦境。

我甚至分不清是梦还是回忆，但感觉是确实发生过的。很短的一个梦。

我在如今已经不存在的千鹤的房间里。

连高高的天花板上的斑点都能看得一清二楚。

我还看见厨房擦得闪闪发光的不锈钢的光亮。

窗外弥漫着雾气，似乎就要涌进屋子里来。

天空朦朦胧胧地发亮，耳边传来含混的车声。

楼上的好像还嫌孩子不够多，夫妇俩正在浴室里奋力制造下一代。

"吵死了！深更半夜的。"我正昏头昏脑地看杂志。

那时候我有点酒精依赖症，一升装的日本清酒被我浅酌慢饮喝得差不多见了底，人已经醉得不成样子。

"我们放点音乐听听吧。"晚上不怎么睡觉的千鹤见我深夜还毫无睡意，高兴得不得了。

我们像孩子一样幸福。

千鹤随便找了张CD，把音量调得震天响。可声音听起来还是发闷，似乎被雾气给吸走了。

楼上那两位好像不甘心认输似的。"咣当……"脸盆被弄翻了，水声哗啦哗啦地响。他们越战越酣，中间还抽空谈谈小孩的教育问题。他们好像没有关浴室的窗户，各种声响听得一清二楚。

"好厉害呀，体力这么棒……"我说。

在我蒙眬的醉眼里，千鹤变得透明了。不知道是她肤色浅，还是因为雾气，或者是她气质的关系。我寻思着，我和千鹤也许无法长久地生活下去。

不知为何，我曾经觉得：像她这样晚上不睡、又不怎么吃东西的生物是不可能活得长的。

"不过，我倒不讨厌这声音。"千鹤呆呆地听着音乐和楼上人声的合奏，笑着说，"人发出的声音让人踏实。感觉像爸爸和妈妈的那种声响。"

"你不觉得他们也太投入了吗？拜托，稍微温和点还可以接受。"

千鹤笑着回答："不会啊。晚上一起泡在浴缸里，谈谈天说说地，互相擦洗擦洗，有了感觉，就弄出爸爸妈妈的那种温暖的声音来了。"

我倒是觉得坐在窗边的千鹤更吸引我，她的身后是浓雾和车灯的背景，身影仿佛即将就此消失。看着看着，我感到不安和恐惧起来。这是现世，还是黄泉？所以，当听到男女相悦的声音，感觉到人还好好地跟现世联系在一起，就放下心来了吧。

到这里为止，确实是回忆和梦境的混合。

接着，千鹤把目光从窗外转向我。她开口说道："哎，刚才你做的梦里的我并不是真正的我。

现在，睡在那个阿姨房间里的你梦中的我才是真正的我。你今天看到古怪的神祠了吧？不过那种东西没什么大不了，它的法力也就今天一天而已，可你好像备受困扰的样子，所以我一直在守望着你呢。"千鹤说。她的眼睛穿透一切。

我含泪握住那冰冷的手："谢谢你。"

猛然惊醒，我身处一间陌生、黑暗、破旧的房间里。

窗帘外面映着浅浅的光亮。

这是什么地方？我从被子里跳起来，发现阿姨在离我不远的地方打着呼噜睡得正香。

她斑白的头发、鼻孔，还有睡衣上难看的条纹……都让我觉得很可爱。墙壁上整齐地挂着她在前台穿的制服。

我甚至觉得，正是这样的人们在支撑着这个世界。

我踏实地又睡了下去。

夜总算要结束了。

7. 晨光

清晨来临，我回到自己的房间里。

在晴朗的晨光照耀下，房间里一派平和气氛，让我疑惑昨天怎么会那么恐怖。

我换下睡衣，冲了个澡。

只有两只杯子的存在让我想起昨天的事情，不过在充满房间的灿烂阳光里，这也就显得无足轻重了。

我很快整理好行李，来到前台。

"给您添麻烦了。"我说。

"哪里哪里，一路顺风。"阿姨收好房钱，笑着回答，仿佛什么都没有发生。我心里嘀咕道："这才是一夜情哩……"然后独自笑了。

走出旅馆，乡镇的街市已经开始了清晨的工作。

店铺一家家开门，加油站的店员在手脚麻利地干活，搞清洁的老婆婆用扫帚扫着地。

远处的群山以蓝天为背景，被红叶装点得多彩多姿，连绵起伏。

都发生了些什么啊？我思忖着。

最后的那个梦在我心中还留有美妙的余韵。

能在梦中见到真正的千鹤真是太好了。这肯定只能在那个扭曲的时间中才能发生吧。确实，不管怎样的夜晚，都会发生几桩有趣的事情。我心里想着老话"跌倒也要抓把泥"，拿出了地图。接着，我向车站走去。

厄运

1. 关于十一月

　　走进病房，发现妈妈难得不在。

　　境哥一个人坐在姐姐旁边看书。

　　今天，姐姐的身上仍然插满各种管子。安静的病房里，人工呼吸机发出瘆人的声响。

　　这景象我已习以为常，但不知为什么，有时在梦里看见，与在现实中这样看着姐姐相比，梦醒时分更觉虚脱无力。

　　梦中，每次来看望姐姐时，我始终怀抱极端的情感。现实中，我在来医院的电车里可以慢慢做心理准备，把心情逐渐调整到看着姐姐卧病的样子、触碰她身体时的状态。可做梦却是另一回事。在梦里，姐姐像正常人一样说话走路，但梦中的我知道，这个病房的景象始终存在于某个角落。不论何时，心里总萦绕着这幅画面，渐渐地，我分不清自己是梦是醒了。而且无论我走到哪里，灰暗的心情都如影随形，感觉不到休息。也许外表看起来我显得很镇定。当秋意渐浓的时候，我愈发面无表情，哭泣时泪水总是自动地流下。

姐姐为了辞职结婚，连续熬夜给公司做交接说明书，结果突发脑溢血，到现在已经一个月了。她的大脑严重损伤，脑干受到颅内血肿压迫，渐渐丧失了功能。刚开始她还有微弱的自主呼吸，现在已经完全丧失。我们第一次知道，陷入昏迷的人还有比植物人更糟糕的状况。姐姐的大脑随着时间的推移，正确确实实地走向死亡。

这段时间，全家都在学习这方面的知识。上星期我们刚刚知道：姐姐的状况连植物人都不是，她现在连成为植物人的希望都没了；脑干死亡之后，姐姐的身体只是靠呼吸机在维持着。妈妈原本想，假如姐姐变成植物人，只要能活着，无论多久也要让她活下去——这个希望现在也彻底破灭了。接下来唯有等待医生判定脑死亡，撤走呼吸机。

于是家人统一了看法，接受了不会发生奇迹的现实，心里稍稍轻松了些。刚开始，大家都对此一无所知，受到各种念头的轮番轰炸。有段时间，大家尝试了所有能想到的方法——也不管它是迷信还是科学知识，我们甚至向神灵祈祷，或是留意姐姐出现在我们梦中时说的话，几乎无暇休息，苦不堪言。等为之不眠不休、反复思想斗争的痛苦期大致过去，大家静下心来，决定想方设法尽量让姐姐的身体感觉舒服，不做也不想让她厌烦的事。原来的那个姐姐再也不会回来了，不单理论上如此，而且一目了然。但是，姐姐的手还是温热的，指甲还在长，还能听得见她呼吸和心跳的声音，这些又叫人不由得朝各种好的方面联想。

姐姐完全离开这个世界之前的这段奇妙的日子，可以说是大家对诸般事物进行深思细想的时间。

今天早晨，我重新去办理留学意大利的手续。留学的事由于姐姐病倒而中断，并且因为她病情严重而停顿下来。现在，忽略了姐姐的存在，生活又重新运转起来。但是，我们眼里所有的东西都若隐若现地映着姐姐的影子。

看上去唯一对姐姐的病不放在心上的人，只有姐姐的未婚夫的哥哥——境哥。姐姐的未婚夫因为这突如其来的变故而深受打击，回了乡下老家。他在牙科医大就读，非常清楚大脑丧失机能意味着什么。昨天，他同意了我爸妈提出的解除婚约的要求。

境哥住在东京，仅仅出于这个原因，他主动表示"如果你们不反对，我来看看。"他和我们几乎没有任何关系，却经常来医院探望。起先家里人在背后猜测，他是不是因为对弟弟的负心感到愧疚才来的，但似乎又不像。他来到医院，就追起女护士来了。在我看来，他是迅速适应了这种给人强烈冲击的情境。真是个怪人。

他经历的人生充满了谜团，以前我听姐姐讲过，他们两兄弟吃过很多苦，父亲得了恶疾去世，母亲长年做护士长，靠她一个女人把两兄弟拉扯大。

每当回想起姐姐说话时的样子，我始终觉得她像被一层隔膜包裹着。以前姐姐的声音又高又细，能说会道。小时候我们经常把被褥拖到对方房间，一直聊到天亮。我们俩有个可爱的约定：长大之后，我们中间一定要有个人住在有天窗的房间里，让两人可以一边聊天一边看星星。想象中的天窗玻璃闪烁着黝黑的光芒，星星像钻石一样闪闪发亮，空气清澈而澄净。我们两姐妹一直不停地聊着，早晨永远不会来临。

姐姐总给人可爱的感觉，有点像童话中的人物。她对恋爱很疯狂，和我正好相反。青春期的她经常会钻牛角尖，想做"把男友名字的首字母文在身上"之类的傻事。

我说:"算了吧,这样的话,你以后啊,就不能和名字是其他字母打头的男孩交往啦,选择的余地限定得太窄,不是吗?"

"你胡说些什么?!"

"姐姐,你现在要是把中泽①哥哥的'N'文上去,以后不和名字里有'N'的人拍拖就没法自圆其说啦。那可怎么办?如果恰巧碰到有'N'的还好,如果喜欢上和'N'扯不上关系的呢?浑身长嘴也说不清呀。"

"你怎么有这种念头?我想好了!我不再跟其他人拍拖,就和第一次拍拖的人结婚。这多美妙啊……我有信心。"

"绝对不可能,你可别做傻事哦。"

我们热衷于在深更半夜,你一句我一句地谈些无聊的事。在那个年代,即使没有天窗,凭借想象力也能感受到满天星辰。

---

① 中泽的罗马字标音为"NAKAZAWA"。

每当想起姐姐时都感到有隔膜，最初只要一哭，隔膜就被热泪冲刷得无影无踪。而现在我已经没有泪水。我的全部身心都在努力接受这个现实，但那层隔膜却像姐姐的面影般围绕着我。

"我妈呢?"我问境哥。

我从家里搬了出去，一个人在外面住。我在读研究生，研究意大利文学。姐姐病倒时，我想如果她变成植物人，金钱上就不能指望父母支持，加上想排遣低沉的心情，前段时间突然开始打很多份工。我每天到医院陪护，通宵打工招徕客人，还去大学听课，见缝插针地睡一会儿，几乎不吃东西——这样的日子已经持续了一段时间。根据我的经验，只要我一改变生活模式，就能赚到足以让人兴奋的钱。看来甚至连我留学的费用差不多都能靠自己攒够了。

因此，我虽然来医院，却不常回家。尽管每天都通电话，在医院也每天见面，我还是无法想象母亲的痛苦有多深。现在母亲似乎也快挺不住了。

每次我来医院，母亲都在病房，或翻看杂志，或给姐姐擦拭变瘦的身体，活动她的身体不让她长褥疮，有时则和护士融洽地聊天。母亲看似很平静，但每当走近她身旁，我都能感觉到她的内心正在刮着风暴。

"你妈说她感冒了。"境哥告诉我。

我称呼他哥，而且和他说话不费劲，所以我们聊起来就像朋友一样。不过，他已经年过四十了。

他的工作也很古怪。他是太极拳的一个特殊流派的老师，开了一个班，教授太极拳的理论和动作。我还从来没碰到过干这么古怪职业的人。不过他出过书，也确实有学生跟他学，据说还有人专程从国外来拜师。我最近才明白，人居然也能靠这个安身立命。

我喜欢他，从见到他的第一眼就喜欢上了。他留着怪异的长发，炯炯的目光也很古怪；他教的东西深奥难懂，举止反应常常出人意料——这些都足以让他被称作奇人怪人。

我的初恋对象是当着大家的面吞蝌蚪的小彻哥哥，可见打小我对奇人怪人就没什么免疫力，因此境哥的怪诞足以让我神魂颠倒。也许是这个原因，姐姐一直没有介绍我和境哥认识。她这样做是凭着女性敏锐的直觉，而且她对我的性格也了如指掌。境哥太过于与众不同，所以姐姐很不放心吧。第一次见到境哥，是在姐姐变成现在这样子之后。

　　我憔悴不堪以至有些亢奋，见他来看望姐姐，条件反射地想："这人真不错啊！"可是我的脑子里净是姐姐的事，硬生生地把这念头摁了下去。我比较能克制自己的感情，如果连偷偷地在心里回味爱的苦闷、一边交谈一边体验心跳加速的机会都没有了，我可以当作什么事都没发生。我经常被姐姐说，你这样根本就没到爱得无可救药的程度。她说，真正爱上一个人是痛苦的，无法释怀也无法克制，哪怕会失去生命也要贯彻到底，而且必然给别人带来麻烦。从话里面的倾向看，那时候姐姐多半是在和有家室的男人搞婚外恋。

看着那样的姐姐，我常常心想，她真的好快乐啊！即使她自己马上就要离开这个世界，她也会劝我投入地恋爱吧？有时我也会顶她一句："胡说，你就是容易迷上男人，说不定到时候我才真正爱得死去活来呢!"

不过，我们的性格差异却总让彼此真正感到快乐。

这段时间我忙东忙西，沉浸在痛苦之中，连自己喜欢境哥这事都快忘了。

今天我头一回感觉有点闲情。不过，有闲情也就意味着心里腾出了空间，开始对姐姐放弃希望。

"十一月给人的感觉是天空很高很寂寥啊。"境哥说道，接着问我，"你喜欢几月?"

"十一月。"我说。

"是吗? 为什么呢?"

"天空很高很寂寥，让人感到孤独和不安，心跳得厉害，仿佛自己变得坚强了似的。不过还是能感受到空气中的活力，那也是在等待真正的冬天来临的一种状态。"

"我也是。"

"是呀，说不出为什么，可喜欢了。"

"我也一样。对了，你吃橘子吗?"境哥问我。

"这季节已经有橘子啦?"

"哎呀，那个什么……糟糕，名字给忘了。你妈妈说是亲戚送的。"

"是谁送的? 会不会是九州的阿姨?"

"不知道。"

"我想吃，在哪儿?"

"在这儿。"

他转过身子，从电视机上面的篮子里拿了一个递给我。这电视是专门给陪护的人看的。姐姐不可能看，她连最喜欢的ＳＭＡＰ①成员中居正广的节

---

① 日本流行乐队，成立于1988年，成员五人，著名演员木村拓哉也是其中之一。

目也看不成了。

"啊，这是姐姐最喜欢的水果。"我说。这种橘子姐姐每年都翘首以待。

"是吗，那就给她闻闻吧!"

他又拿了一个橘子，掰成两半送到姐姐鼻子边上。房间里飘荡着酸酸甜甜的香气，我忽然看到一个画面。

午后的阳光里，姐姐从床上坐起来，她笑着说:"好香啊!"银铃般的声音一如从前。

自然，这实际上并没有发生，是我做的一个白日梦。眼前的姐姐发出各种声响，面色灰暗地沉睡着。然而，橘子的香味所营造的画面是那么鲜活，好久没有见到这样的姐姐了，我突然泪如雨下。

"看见了?"境哥毫不理会我在哭泣，瞪大眼睛问我。

"我想我看见了。"我说，"姐姐大脑的某些部分还是有意识的。"

"不是。"他干脆地说，我不禁吃了一惊。

他解释说:"刚才是橘子让我们看的画面，橘子记得小邦喜欢它们，所以把从前的画面重现出来。"

你脑子没问题吧，我暗自想。

"世界多么美好啊!"他说道，笑容灿烂之极。我郁结的心情又一次爆发，禁不住号啕大哭起来。我涕泪俱下，抽噎着扑到床上痛哭。靠我自己是无论如何也止不住了。管它什么橘子柚子，我好想见姐姐。

境哥沉默不语，等我平静下来。

"我回去了。不好意思，哭成那样。"我说。

"我也走了。"他说着站起身。

"可我们都走了，姐姐会觉得冷清的，说不定还会吃醋呢。"

"那么，你先去楼下小卖部那儿吧。"

当我们目光碰在一起时，我发现一件可怕的事——

他喜欢我。我有点不敢相信。

说真的，我开心极了。

不过没用。现在根本不是谈情说爱的时候，而且过不了多久我就要去意大利了。

我来到室外，天空一片湛蓝，小卖部那儿聚集了病因各异的患者和前来探望的人们。

不知为什么，这里看不见愁眉苦脸的人。即使看起来病得相当重的人也是笑眯眯的。向阳的地方暖洋洋的，店里摆放着各种美味的饮料，所有的人都显得很幸福。我想，医院对虚弱的人而言，是个非常温暖的空间。

不一会儿，境哥向这边走过来了。

他看起来像干什么的呢? 不像黑社会分子，也不像上班族。自己开公司的? 也不像。对了，像漫画家! 或者是整骨医生。我正胡思乱想着，他已经走到我身旁了。

"喝点茶再回去吧。"他提议。

"我想喝浓咖啡。"我说。

“隔壁镇上有一家不错。”

“我们步行去吧。”

我们走着。我忽然陷入一种错觉：从好几年前起我们就一直这样走着。而实际上，我们俩今天才第一次单独相处。如果不是姐姐病成这样，我们可能都不会认识。我和这样一个他一起从医院出来，一路走着，感觉像做梦一样。你永远不知道人生路上下一步将会发生什么事。我的眼睛哭肿了，看不太清周围的东西。像这样短时间里心无杂念地痛快大哭，也许有生以来是第一回。

天空很高，有种特殊的透明感，树木的绿色已经逐渐褪去。

风中飘荡着枯叶甜甜的气味。

“接下来天就越来越冷了。”我说。

“是啊，这个季节的美景，怎么看也不觉得厌倦。”境哥说。

我心想：哼，总有你看厌的一天。

“境哥，你弟弟这样做，你怎么看？”我问他。

"这符合他一贯胆小的性格。我真是服了他，性格从来就没变过。我也为他担心，不知道这个跑回老家的未来牙科医生前途如何，好在他性格温和，手也够灵巧，加上身体健康，应该没有问题。就他那副孬样，要是去学外科我肯定反对。"境哥说。

我看到境哥的对面有一树漂亮的枯枝，才九月，树木已经把它如骨的清癯枝条伸向天空了。一看见境哥的眼睛，我心里就踏实了。他的目光深沉明亮，仿佛不管我做什么他都能包容。

"嗯，我也觉得他好像比较懦弱。"

"没错，他个性不够油滑，所以选择了逃避。我估摸他现在正茶饭不思，以泪洗面哪。过不了多久，等他内心平静下来，小邦走的时候他肯定会来的。"他说，"他现在不来看小邦，同意解除婚约，我都能理解，我不觉得有多恶劣。"

"我也是，我想姐姐也不会介意。"

"每个人对不幸的接受方式都不一样。"他说。

"你说的对，不管喜欢还是不喜欢，我也在为自己的将来做准备。人的做法都没有大的区别，无论是我还是你弟弟。不过——我希望姐姐的葬礼他能来。"我说。

　　"会来吧。照他那一板一眼的性格。"

　　"如果姐姐的病不影响结婚的话，他是否会选择不逃避呢?"

　　"虽然你这个假定是不可能的，但我想他不会逃避。现在的情况和你的假定有本质的不同。在小邦等待死亡来临这段奇妙的时间空白里，大家只是在这个奇妙的空间里做着各自的决断，而事实上，小邦正从容地在和这个世界道别呢。"他说。

　　我能明白。自从我开始办理去意大利的手续，重新翻开积满灰尘的意大利语会话教材用功以来，停滞的时间又开始流动，我的感情也复苏了。

　　令人悲哀的不是死亡，而是现在这气氛。

　　是那沉重的打击。

　　那创伤依然留在我脑中，凝结成硬硬的一块

化不掉。即便自以为已经够坚强，但一想起姐姐的样子，信心又立即烟消云散了。

那天早晨，姐姐按着脑袋走进厨房。

正好前一天晚上我回家里住，那时正在起居室喝咖啡。

我问她："喝咖啡吗?"

姐姐回答："头疼得厉害，不喝了。"她的声音出奇地温柔。

想到姐姐马上要出嫁，而且将来要跟丈夫回乡下继承家业，去更遥远的地方，我不由得有些伤感。

以后没有机会再聊天窗的事，那个约定也无法实现了。

那一刻，孩童时代的往事排山倒海而来，那时的空气和味道，枕边堆积的杂志，所有的一切。全都是快乐的回忆，快乐得让人心口发闷。

我从搁架上找了点能缓解头疼的花草茶，沏好给她。姐姐对我笑了笑，借着茶吃了两片阿司匹林。

我没有任何不好的预感，如果有我也许会阻止她。

姐姐那时穿着平日常穿的睡衣，发型也是老样子。

我从来只关注当下，但为何时间的流逝让人如此悲伤？我曾经无可奈何地陪着喜欢做梦、经常迷上男孩子的姐姐，深更半夜去窥探她初恋情人家的窗户。我们走着夜路，一人分戴一只随身听的耳机，翻来覆去听那时候我们喜欢的歌。虽然我对姐姐喜欢的人毫无兴趣，可还是站在那人住的楼下抬头看窗户里透出的灯光，心情既紧张又亢奋。星星一直在我们上方闪耀，一路走一路听音乐，柏油路看起来离得很近，车灯也很好看。路上遇见男孩向我们这两个小女孩搭讪，还差点碰到坏人，感觉非常紧张刺激，但只要两个人一起走，就没什么好怕的。

感伤冲破封锁着它的一块块混凝土砖瓦，不

断涌上心头。

死亡并不令人悲伤，被感伤吞噬以致无法呼吸才让人痛苦。

我想逃出这片高远的秋日天空。

"境哥，你对我做了什么？害我眼泪收不住。"

"你冤枉好人啊。"他说着握住哭泣的我的手。

手上传来的温暖越发让我伤感起来。

"哭吧，今天是哭泣日。"

"境哥，你喜欢我姐吗？"我问。

"没有，我想接近你，所以来探望你姐。"他说。

我破涕为笑。"真可惜，我要去意大利了。"

"是啊，真可惜。"但看上去他一点也不可惜，搞不清他心里在想什么。

"你以前就认识我姐吗？"

"认识啊。"

"说点姐姐的事来听听吧。"

"好啊。"他毫不犹豫地同意了，"我弟弟在联

谊的时候要了别的女孩的电话号码，把那纸条夹
在笔记本里。回到家时小邦在，不巧纸条从笔记
本里掉了出来。你姐她一下就明白了，当着我弟弟
的面连笔记本撕了个粉碎。"

"好过分。"

"我正好住在弟弟那儿，所以也在场。我觉
察到房间里浓重的怒气，估摸着半夜里肯定要吵
架，于是塞上耳朵先睡下了。后来才知道，小邦
真是拿得起放得下。接下来，她又恢复了平常的样
子，没有勉强自己，也没有装作什么都没发生的样
子，和平常一样。我第一次觉得她很美。先前我
还觉得她生起气来很吓人，觉得她也只是个很一
般的女孩子。他们两人谈着孩子气的话题，像'明
天吃什么''请境哥吃什么好吃的''去公园旁边新
开的面包店买面包给哥哥。不，还是大家一起去
吃''放假真好啊'之类。为了不吵醒我，两人压
低了声音商量。"

"我明白，姐姐就是那样的。"我说着，泪水

又流了下来。"今天我怎么这么爱哭?"

"这不是悲伤,而是心灵受到的创痛,当时受的打击今天才最终释放出来,所以你重新感觉到了创痛。这需要时间,我想你没法习惯。"

"你怎么什么都知道?"

"只要是你的事,我都知道。"

"谢谢,哪怕你是在哄我。"

如果不是现在这个时候、这种情境下,和他谈谈该多好,现在的我需要时间和距离。然而他的漫不经心却有着让我不去介意这些的轻松自在。

我们走进一家咖啡店,里面空荡荡的没有人。

我们在窗边坐下喝咖啡。除了姐姐的存在,一切都很自然。姐姐像悄然而至的梦境渗透进我生活的每个角落。麻烦的是,对我而言这并非可恶的事,我甚至希望这种状态能一直持续下去。与姐姐永远从这个世上消失相比,现在这样子要温和得多。

"谁能说小邦这样的状况就一定是不幸的呢?"

境哥说，"她的事只有她自己清楚，不需要别人瞎操心。越操心越会觉得她无助。"

"我也这么想。我们姐妹俩很亲，一直都很幸福。现在一定是最艰难的时候，妈妈不是感冒，而是精神上无法承受。不过总会有一天，不一样的气氛将降临我们的家庭。那种不一样的和谐气氛一定会来临，那是从现在这扇窗户望出去的景色中所不可能想象得到的。可是我已经不愿意等待这一天来临，因为从一开始，大家就一直等待着奇迹发生。"

"你不愿意是正常的。"境哥点头说，"大家都深受打击。连我这个不怎么相关的人，甚至还有那些橘子，都无法接受小邦的离去。"

"世上的事情往往如此：现在我们为之痛苦不堪，而这样的不幸随处可见。医院里就不乏这样的例子。我和他们聊过不少话题，听到大家各自不同的决断。在这之前，我根本不知道存在这样的世界。"我说。

"是呀。她们肯定正透过某扇窗看着我们呢。只要换个角度，我们甚至能泰然忘记她们还活着。但是不管记得还是遗忘，不管什么时候，各种事情该来的总会来。"

"你属于哪一种类型？"

"我属于火烧眉毛才赤膊上阵的类型。"他说。

我笑了，到这时才真正地笑了。

所有烦恼都随笑声抛到了九霄云外。

窗外是条商业街，奇妙的音乐盖过了咖啡店里流淌着的莫扎特。

没有贪恋，没有希望和奇迹，姐姐正一步步离开这个世界。她没有意识，身体却是温热的，她给我们一段时间适应。身处那个时间当中，我不禁微笑。那里有永恒，有美丽的风景；在那里，姐姐真实地存在着。人的大脑和身体会分别死去，从前的人能想象得到吗？

那已经同将死之人无关，那是一段神圣的时间，确保她周围的人可以认真思考平时无暇顾及的事情。

一味沉溺于无谓的伤感，时间的神圣性就会被玷污。

在我看来，在现在这样渺小、微不足道的间隙里出现的这段纯净的时间简直是奇迹。无谓的伤感和泪水都消失了，宇宙造化的伟大再度映入眼中。蓦地一瞬间，我感受到了姐姐的灵魂。

这男人对这些事了如指掌，我对他又多了一层好感。在我身上，爱情总是跟意外性携手到访。为什么我竟在这样的时候想这样的事？但我喜欢能一直让我有这种感觉的人。即使是像现在这样脆弱得人都要变形了，这一点也不会改变。

"十一月的黄昏，能闻到秋天最后的气息呢。"他看着窗外对我说。

"以后只能快乐地活下去了。"

"要快乐，但别勉强自己。"

"妈妈今天早晨也说，每当她深深沉浸在悲伤里，姐姐就变得遥远了。"

"这么短的时间，她就悟出这样的道理啦。"他说。

　　从这里正好可以望见行道树的枝叶，年轻人嬉笑喧闹地逛着二手服装店。隔壁是蔬菜店，各种颜色的蔬菜在灯光照射下显得很漂亮。有柿子的颜色，还有牛蒡和胡萝卜的颜色，这是神创造的色彩，怎么看也不厌倦。

　　一个月之前的我无法想象，一个月之后我能如此悠闲地喝着咖啡、赞美蔬菜。我不知道以后的日子会发生些什么。我们所有的人的心，正在安静地送别姐姐的人生，不，应该说是无奈地转向这样的心境。大家踏上了正确的路途，正如静静地秋意渐浓，冬日将至。

2. 星辰

　　那个傍晚，我去了姐姐工作过的公司。许多不相识的人眼里含着泪和我打招呼，这虽然让我疲惫不堪，但大家的心情我非常理解。

　　整理姐姐的办公桌时，坐在旁边的女人说："你们俩的手真像，简直分辨不出。"说完就哭了。我们的身体也像一个模子里出来的，我说。她非但没有笑，反倒哭着早退了。

　　大家像参加葬礼一样，都想拍拍我，感觉很怪，不过这也能理解。姐姐开朗能干，电脑很厉害，这些我也很清楚。而且姐姐做事井井有条，几乎没什么需要整理。

　　姐姐的储物柜里有很多让我感到意外的东

西，像高档的滑雪鞋、用了没几次的滑雪板等器具，我觉得很奇怪，姐姐怎么把这些东西放在公司呢？

当我把姐姐的电子邮件存进软盘，把姐姐的个人资料从电脑硬盘上删除时，我还是忍不住流下了眼泪，给我帮忙的姐姐的男同事也哭了。在姐姐工作过的秘书室里，我和一个陌生人互递纸巾。这动作，比靠人工呼吸机维持生命的姐姐那放大的瞳孔更让人悲伤。我说出我的感受，那个男同事哭着说能明白。他说和我在一起就仿佛和姐姐在一起，让人难过得不得了。说听着我说话的声音，看着我的举动，都让他痛感她已经不在了。说让他想起了姐姐。

我不太清楚姐姐的工作，只知道她是领导的秘书。

即使是一个普通人的离去，也会在公司同事之间造成不大不小的波澜，而且永远不会消失。看到这些，我觉得这世道也不是人走茶凉。要是我的个性更冲动些，轻易就能大叫"是你们公司害死了我姐姐"，那倒也好了，可是害死姐姐的是她自己和坏运道，没法迁怒于别人。反倒是姐姐给大家留下的娇小可爱、认真亲切的印象熠熠生辉，这让我感触很深。姐姐是为了不让这些她深爱的人辛苦，才会透支了身和心的能量吧。谁都没有错，是社会太残酷了，它不会提醒拼命准备交接工作的人"不早点回家休息的话，会脑溢血的"。

我们两个人红着眼睛收拾好姐姐的东西，这时爸爸来了，去向姐姐的上司、社长分别致意。

我和爸爸打了个招呼，请了好几个人帮忙把姐姐的东西搬到地下停车场。以后和这些身着西服、态度和善的人不会再见了。好不容易把东西都装进车里，我对他们挥了挥手。虽然差不多都是第一次见面，我却有种错觉，好像是我在这里上班，为了结婚而辞职，把自己的物品搬走似的。

"爸，你怎么开了这辆小车来？我不是叫你开旅行车来吗？"车开出之后我才问爸爸。

"你妈开到医院去了，她疲劳得有点不正常，一个人自顾自把旅行车开到医院去了。我到停车场一看，只剩这辆小车了，没办法啊。"爸爸回答说。

　　都是姐姐的那些东西，害得我以一种奇怪的姿势蜷曲在副驾驶座上。

　　从这个角度看，街上的路灯扑面而来，非常好看，而且还看到很多星星。虽然胃部觉得不舒服，可感觉还挺新鲜。我想，短时间内可以忍受。

　　"小车就小车吧，无所谓。"我说。

　　"拜托你不要猫那么低说话好不好。"爸爸说。

　　"我有什么办法？我把头搁你腿上行不？"

　　"行！"

　　"好像回到小时候了。"爸爸的大腿和以前一样结实。我说："年轻的美女枕在你腿上，不要兴奋得让小弟弟硬起来哦。"

　　"死丫头，居然想到跟老爸开这种下流玩笑。"爸爸说。

　　星星真美。街道不停向后退去。

"听说，你姐的呼吸机就快停了。"

以前，家里养了多年、跟爸爸最亲的那条狗死的时候，爸爸说"狗死了"的语气和现在几乎一模一样。可见他的伤痛之深。

"怎么会变成这样呢？像噩梦一样啊。"爸爸说。

噩梦。

"是场噩梦呀。"我说。

我们都沉默了。我闻着爸爸裤子的味道。

要命的是，车厢里同时飘荡着从姐姐的物品里散发出来的姐姐的香水味。

我想，以后换用这种香水吧。感觉好像姐姐正坐在后座上，好像真的回到了童年时代。

好像回到了经常举家开车出游的时候。

香水是早熟的姐姐从十几岁就开始用的"娇兰"牌。

"你是不是在和那个男的谈朋友？"爸爸突然问道。我一惊，回过神来。"谁？刚才哭鼻子的那个胖子，姐姐的同事?"

"不是，那个怪里怪气的什么哥。"爸爸说。

"你说境哥? 根本不是什么谈朋友。"我说，"你也不用那么说人家呀，他是个好人。"

"可要是你和他结婚，他那个懦夫弟弟就又变成我们家的亲戚了，又得见面，一想起这我就受不了。唉，光是想想气都不打一处来。"爸爸说。

"不会吧。而且现在我们根本没有正式交往。不过，境哥人很优秀。我是这么认为的。不管怎么说，他弟弟也是姐姐喜欢的人，我虽然也想责怪他，但还是算了吧。"

"我也是随便说说。但是，他跑回老家去算怎么回事? 开什么玩笑! 连这点心理准备都没有，还打算娶我女儿，真是开玩笑!"

现在确实需要一个反面角色，我想。所以不再出言庇护。说到底，我也不太清楚姐姐的未婚夫的性格。总之姐姐爱着他，并付出了对爱情一贯的狂热。

"我们就想，没嫁给这种到了紧要关头就靠不住的人倒是好事。"我说。

"就现在这样还能说是好事?!"爸爸接道。

"只是说说嘛。"我说。

"真不好受，难过啊。"

父亲的声音通过他的肚皮传入我耳中，加上有点晕车，我又哭了。最近我的泪水、特别是和往事有关的泪水流起来已经几乎没有任何缘由。眼里动不动就条件反射地流泪，像麻雀尿尿一样。爸爸觉察到我在哭，他沉默不语了。

车向前飞驰，我生于斯长于斯的街市刷刷地被抛在后面。

"妈妈快挺不住了吧。今天我想住家里，把姐姐的东西整理一下。"我说。

"嗯，你替她整理吧。"爸爸回答。

"那么我来做点什么菜吧。"

"火锅不错，我想吃点热乎的。"

"那就顺便去趟超市。"

当我们在温暖的车里交谈时，我忽然悟到了什么。

我又度过了一段美好的时光。

姐姐不仅仅让我们感到难以承受的痛苦，还给予我们非常非常充实的时间。是的，在这个世界，美妙的时光给人的温暖何止百倍。如果不能抓住那光辉，那么等待我们的只有无尽的痛苦。不管往好里说还是往坏处想，每天其实都是战斗。我不愿浑浑噩噩地和姐姐告别。

3. 音乐

几天之后，姐姐的呼吸机停了，大家亲眼目送她离开了我们。

我从书上看到，姐姐的大脑已经软化溶解了，但是表面看上去，姐姐的面容和往常一样，化了妆更是如此，好像就要去上班。我抚摩着姐姐没用完的粉底霜。爱干净的姐姐把镜子擦得干干净净，连化妆海绵也非常清洁。每一件东西都让人感受到姐姐的存在。我们给姐姐穿上她喜欢的衣服，戴上她喜欢的花儿。

姐姐被打扮得漂漂亮亮的运到火葬场。

我没打算精神恍惚地迎来这个时刻，可还是自始至终木木的。感觉眼睛在抗拒，拒绝去看眼前的一切。周遭的事物好像都漂浮在梦中，头也一直嗡嗡作响，我只好把眼前的事情利索地处理掉。妈妈只睡过一个囫囵觉。

姐姐告别人世的时候，境哥居然没有来。他弟弟倒是来了，爸爸揍了他，妈妈也对着他痛哭流涕，但他还是看着姐姐最后离去，还帮忙操持葬礼。今天他所表现出的忍耐和坚强让我钦佩，要是换了我，光是看到那样的白眼，肯定就得抱头鼠窜了吧。我和他聊了一会儿，他人并不坏，这样的人原本应该早点和他认识，多见见面深入交往，但却因为这样的机缘才搭上话，以后多半也不会再见了。缘分真是不可思议。他能来，姐姐也觉得高兴吧，毕竟姐姐是把爱情看得和生命同样重要的人。

姐姐正式离开了人世，一旦不用再去医院探视，心头感觉空落落的。

姐姐去国外旅行时带给我的"宝格丽"牌动物形状的香皂以前总也用不完，可当我洗澡的时候，却发现香皂已经没了动物的形状，变成了圆圆的香皂块，我号啕大哭。

时间匆匆地流逝……

事实上时间总在不停消逝，只是以往很少留意。已经很难再回复到那种随意的心情。小事情也会刺痛心灵。最近我的世界敏感得像失恋时一样。

我重新发现自己曾有过这种想法：我想接触姐姐的身体，即使是她将死的样子。所以我才在姐姐住院期间，不假思索地拿这块香皂在身上死命地擦了又擦。

学习意大利语是我唯一能投入去做的事，所以语言进步很大。

接下来便是留学。在此之前，我要好好照料父母，多和他们联系。我要打起精神去找好工作，要把自己的人生从中断的地方以歪斜的形式，或者以已然有所得的形式拉回来。我需要旺盛的精力。爸爸妈妈只剩我一个孩子了——我脑子里老是惦记着这件事。

葬礼那天我见过境哥，再见面是一周后的星期天傍晚。不知为何，我觉得和他在傍晚见面比较合适。

那时我正穿着丧服跑来跑去准备葬礼的便当。看到境哥，我的心情就豁然开朗了。炫目的阳光下独立一隅的人物，此刻可以无需顾及其心情的人物，就存在于这个寺院里，单是这一点，就让我松了口气。我微笑着跑到他近旁。

"你什么时候有空?"他问我。

"拜托，别在这儿说这些话好不好。"我笑着说。

"星期天怎么样?有空吧?"他不依不饶。

"嗯，我想应该有空。"

我们就这样约好了。寺院里洋溢着午后的阳光，给人闲静的感觉。他说要去散个步，于是将身影隐没在墓地中。

天空的蔚蓝中夹杂着浅白，呈现出东京特有

的含混颜色。墓地上枯木萧瑟，众人身着黑衣，乌鸦般往来不息。我不觉得寒冷，境哥让我感觉踏实。只要那个人活着，他的存在就能如此让人依赖，这种感觉我还是头一次体会到。自己仿佛变成了小鸟，窝在鸟巢里仰望天空。他的怪模样、胡说八道、冷漠、莫名其妙的爽朗、缺乏责任感都没有关系。在他无限宽广的天空里，我收起羽翼不再飞翔。仅此已经足够。也许我们俩的关系也仅限于此，而且今后也永远如此。

姐姐去世后，我一直吃她生前最喜欢的咖喱饭。

所以我和境哥顺理成章地去吃了咖喱饭。

那家餐厅很古怪，得坐在地上吃印度咖喱。窗外的行人好奇地向店里打量，我们满头大汗地埋头吃咖喱饭。

"境哥，你有女朋友吗?"我问。

"现在还没有，异性朋友倒是有几个。"他回答。

"我们以后还会像这样见面吗?"

"会吧，不用等太久。"

"现在真不凑巧，我心里也没底。"

"你要是提出现在就拍拖，我反倒会惊讶。"

"对了，葬礼的时候和你弟弟谈过，我们聊了好多。"

"他很脆弱吧。"

"嗯，一直哭个不停。"

"这么跟你说吧。我极其讨厌摆出一副什么都知道的样子，说些自己没经历过的事情。所以很抱歉，我不想多加评论。我也经历过亲近的人去世，但和这次的情形不同，而且我没有为人父母的经验，凡是别人的事，即使是自己的弟弟，我也觉得了解不多，更不用说小邦和你了。虽然自己不明白，但亲眼去看，亲耳去听，通过感觉也还能了解所发生的事。我有好多话想说，却怎么都说不出口。"他一本正经地说。

"有你这样经历的才少呢。"我笑着回答，"我不指望所有人都了解我的心情，不过，我知道你一直对我很好。"

走到室外，已是置身于冬日的星空下。

"以前，我读过一本书，里面有这么一段：人在街角听见非常动听的音乐，即将死亡时耳边也会传来同样的音乐。一个晴朗的午后，主人公走在街上，对面的唱片店里传来世上最美妙的音乐，他坐下来仔细聆听。后来他的精神导师告诉他，那象征着人类生活的所有侧面都呈现出死亡的迹象，那是他的命运给予他的暗示，在他将要离开这个世界的时候，小号演奏出的完美音色会在他耳边回响。"境哥说。

"我曾经有过这样的经验啊。"我接着说，"一个冬天的下午，我就在刚才那家咖喱餐厅里一个人喝着红茶。有线电视里放着雷鬼音乐①专题，从没听过的雷鬼小调一首接一首。里面有一首像闪电般

---

① Reggae，欧美吉他音乐的一种，起源于牙买加，结合了传统非洲节奏、美国的节奏布鲁斯及牙买加民俗音乐。

鲜明地钻进我脑袋里，那是一首男女合唱的关于暑假的歌。虽然只是一首无足轻重的歌，却直接钻进我脑袋萦回不去。明明身处冬季，我脑袋里却洒满了夏日的阳光。于是我知道了，我将在夏天的午后离开人世。对此我深信不疑。不知到时候能不能如愿。"

"你领悟到的应该没错吧。"

"姐姐临终前的音乐是什么呢？"我喃喃自语道。

寒风凛凛刮过街市，路上行人稀少，我们走在住宅区的街上，等待前面出现能喝茶的地方。真希望这条路永远永远没有尽头。

境哥回答道："我不清楚小邦最后的音乐，但是她算什么时候离开人世的？昏迷的时候？大脑损伤的时候？还是脑死亡？或者是撤去呼吸机的时候？总有一天，会轮到我们自己确认这一刻的到来。"

话题很尖锐，但是从他的口中说出，我一点也不着恼。

行道树伸展着枯枝，我们在它们的黑色剪影围成的隧道中穿行。我拿出随身听对境哥说："姐姐最后编辑的MD里面只录了两首歌，我一直在翻来覆去地听。"

"是什么歌?"

"地、风与火乐队①的《九月》和松任谷由实②的《秋天启程》。"

"什么乱七八糟的! 等等——她是要做一个秋天专辑吧。"

"肯定是的吧。不过，姐姐录松任谷由实的歌我能明白。她是荒井由实的忠实歌迷，松任谷正隆把自己的偶像娶走，姐姐恨都恨死了。"

"嗯——这两首无论哪一首，听起来都感觉有代沟。"

---

① Earth, wind & Fire，美国黑人乐队，1969年成立于美国芝加哥。其音乐结合了复杂的爵士和声与有力的放克节奏，因此后来也被称作"爵士放克"。
② 日本女歌手，本姓荒井，生于1954年。

"一起边走边听吧。"

　　我说着，像以前和姐姐一起听歌的时候一样，把一只耳塞递给境哥。这不是姐姐随意挑选的，而是姐姐最后的九月里听的音乐。如果姐姐活着，肯定还会再挑歌、录歌，并在车里放来听。最后的九月，夏天的气息还没有退去，仰望高远的天空，姐姐度过了人生的最后一段日子。十一月，姐姐已经不在这个世界上了。

　　"对了，我弟弟经常在卡拉OK唱这首歌呢。"境哥大声地说。

　　"《九月》?"

　　"是啊。"

　　"不正常……不过原因我能明白。"

　　"确实如此，所以小邦才会录下来呀。"

　　"他唱得好听吗?"

　　"你说他一个人表演地、风与火乐队的歌? 唱得还不错，就是有点恐怖。"

　　"哦。"

我们俩边走边唱，我快活地哼唱着那句"九月二十一日的夜晚，你是否还记得"。和着耳边回响的音乐，道路忽然离我更近了，天空也显得格外宽广。感觉到世界变得美丽了一些，连寒冷和夜晚的黑暗都突然变得美丽耀眼起来。双脚踢着大地的触感正应和着自己的心跳。孩童时代和姐姐同行的感觉仿佛又回来了。啊，太让人怀念了。正是这种感觉，成为推我走上社会、促使我成长的一股力量。

音乐转到荒井由实的那首歌——悲悲凄凄的，不明白姐姐怎么会最喜欢这首——这时，境哥对我说："现在正是冬天，你也因为这场变故心乱如麻。等夏天来了我去意大利玩，你能不能带我去那里的乡村看看？"

"当然没问题！"我回答。

"我和你并非运气不好，只不过是沉浸在悲伤的气氛里，对不对？现在还不是时候，但也仅限于现在。"

"我也这样觉得。"

我们的眼中还残留着各种管子、呼吸机的声响和窗外射进来的刺眼的阳光的印记。我对境哥说："到时候，在晴朗的下午，我们每天吃完通心粉，就出发去看各处的风景吧。走到腿脚酸疼，喝点葡萄酒，睡在同一间房里。在夏天酷热的阳光里，让我们带着跟现在不一样的心情，透过不一样的窗户向外眺望吧。在那一天到来之前，我不会忘记你。我们在不平常的时候相识，我不想就这样结束。不过现在一切都还无法预料。"

"我明白。"境哥点点头。

耳边只有音乐在回响，冬夜的星辰，无论何时与何人仰望，都永恒不变地高挂天上。改变的唯有我自己。猎户座不变的三颗星星在老位置闪烁——以前我常和姐姐比赛谁先找到。

……是啊，也许正如歌中所唱，今年秋天已逝去，永远不再来。今夜，秋天的尾声掠过初冬枯萎的树丛，它肯定是要去遥远的地方了吧。尚未露面的冬季即将迅猛而冷酷地降临。

图书在版编目（CIP）数据

无情·厄运／（日）吉本芭娜娜著；邹波译．
—上海：上海译文出版社，2018.11（2024.1重印）
（吉本芭娜娜作品系列）
ISBN 978-7-5327-7847-8

Ⅰ.①无… Ⅱ.①吉… ②邹… Ⅲ.①短篇小说—小
说集—日本—现代 Ⅳ.①I313.45

中国版本图书馆 CIP 数据核字（2018）第 086302 号

图字：09-2010-505 号

无情·厄运 ハードボイルド／ ハードラック	［日］吉本芭娜娜　著 邹　波　译	出版统筹　赵武平 责任编辑　叶晓瑶 装帧设计　尚燕平

上海译文出版社有限公司出版、发行
网址：www.yiwen.com.cn
201101　上海市闵行区号景路159弄B座
江阴市机关印刷服务有限公司印刷

开本 787×1092　1/32　印张 4　插页 4　字数 33,000
2018 年 11 月第 1 版　2024 年 1 月第 3 次印刷

ISBN 978-7-5327-7847-8/I·4827
定价：43.00 元